妖怪捕物帖

妖怪江戶篇

③ 食夢獸大追捕！

大崎悌造 著
有賀等 繪

新雅文化事業有限公司
www.sunya.com.hk

第一回
左右為難的捕快

阿、阿六！你突然胡說什麼？
我不是突然的啊！我從小就喜歡着小岡！所以啊……說聲「我願意」好嗎？
長頸妖怪阿六
狐妖岡七
開門
我反對！岡七該娶的是我才對啊！
刺蝟妖怪阿一
阿、阿一！
我很仰慕岡七先生你的！

你在胡說什麼！你最近才搬來，憑什麼說這些話……我跟小岡已認識多年，感情就跟我的脖子一樣長啊！我們之間沒有你插入來的餘地！
感情跟認識多久才沒有關係啊！最重要的是現在岡七先生選擇我們哪一個！
火花四濺
好啊！就讓小岡來決定啊！
說吧，岡七先生，你要娶哪一個？
突然說到這些事情，我怎回應……
嗚噫~
咀嚼咀嚼
這時候，不知從哪裏傳來了奇異的聲音。
咦？

咀嚼咀嚼
怎、怎麼回事？
變形～

咀嚼
咀嚼
吞下
嗚、呃……
打嗝
醒來
嗚啊……！

原、原來是做夢……
可是，那隻奇怪的動物究竟是什麼？
對了，完全忘了介紹，這位就是這故事的主角，名叫岡七，是一隻狐妖。
岡七在一個有很多妖怪居住的妖怪江戶鎮裏，擔任捕快的工作。而所謂的捕快，類似現在的警察和偵探，要調查案件和逮捕罪犯。岡七雖然是個小孩，但他卻因為辦案了得，所以得到大家的稱譽。
可是，連這麼厲害的岡七也還沒察覺到，他這一晚所做的怪夢，原來只是接下來事情的開端……
翌晨——

早安，小岡！
打開
哦，是阿六嗎？早安。
看啊，我煮好了味噌湯來了，今天加了小岡喜歡的炸豆腐！

阿六是岡七自小就認識的朋友，住在他的隔壁。她很熱心照顧獨居的岡七，每天都像這樣煮早飯給岡七吃。

「謝謝你每天都給我做早飯……」

岡七一副疲累的樣子，向阿六道謝。

「怎麼了？你昨晚沒睡好嗎？」

「對啊……我做了個怪夢……」

咦？是什麼夢？
伸長
不！我都忘記了啊！

此時，又有其他妖怪朋友來找岡七了。
嗨，岡七！睡醒了嗎？
原來是岡七房間另一邊的鄰居，他們是零吉和阿一兄妹。
這是昨晚剩下的燜菜，如你不嫌棄的話，可以做早餐的配菜啊……
阿、阿一！
驚慌
可以給我試一口那個燜菜的味道嗎？
好的，請！
呼……
太好了，沒有發展成夢境那樣……
好吃啊！下次教我做吧！
好啊！
幹麼？你還不想起來嗎？

刺蝟妖怪零吉
當捕快還真悠閒啊，真令我羨慕！
這位零吉，曾經是名震江湖的大盜，但現在已修心養性，改當園藝的工作。

「真多管閒事！我正要起牀啊。」

岡七說完，正要出外梳洗的時候，聽到外面傳來一把熟悉的聲音。

大哥～～！不好了～～！
那把聲音是草助吧？

一大早說什麼不好啊？

巨大
踏步
嗚嘩嘩嘩嘩！
草鞋妖怪草助
嘻嘻嘻，你嚇了一跳吧，大哥？
他是岡七的跟班，名叫草助。
你幹嗎變成這樣子的？
平時當然沒有這麼巨大。

「我平日總是被大哥捉弄，今次就想反過來嚇你一跳，所以請毛作先生幫我變巨大了。」

「毛作先生嗎……就是那個禿筆妖怪？」

「對，我來之前先到了毛作先生住的長屋一趟，請他幫忙！」

岡七在之前一個案件中，救過禿筆毛作*。毛作有神奇的妖力，可以令他寫出來的東西都變成真。
*想知道關於禿筆毛作的故事，請看本系列第一冊《無面妖怪的孩子不見了？》。
變大
好，我寫啦！
禿筆毛作
原來如此……對了，你說什麼不好了？
你該不會只是為了嚇我才來吧？
我正準備告訴你，但麻煩你先幫我把背上的字弄走。

岡七把井水澆在草助的背上，上面的文字就被沖洗乾淨了。
只要洗去毛作所寫的文字，妖力就會消失，一切變回原狀。
你真會費時失事啊……
變回原狀了！
變形～
草助變回原來大小後，走進岡七的房間，開始解釋他的來意。

大哥，事情是這樣的，最近我住的長屋那裏，有很多鄰居都被一隻奇怪的動物吃掉夢境了。
你、你說什麼！
「我覺得事有蹺蹊，所以今早也到毛作先生的長屋查問一下。」原來草助不是只為了嚇唬岡七，才找毛作先生的。
「一問之下，那間長屋果然也一樣。有很多受害者都被吃掉夢境了！」
那真是很可怕！
那種古怪動物竟在我的夢中出現，害我最近都不能安心睡覺了！
多得那傢伙，最近都睡不好啊。

於是岡七告訴大家，他昨晚也遇上同樣的事情。

「什麼？大哥也被吃掉夢境了？」

「是的，跟你剛剛說的一樣。」

原來你就是因為這樣才睡不好嗎？
真可憐啊，你還好吧？
那麼，你被吃掉的夢境是什麼樣的？

我、我就說忘掉了啊！
大哥，你幹嘛臉紅了？

「可是，那隻會食夢的動物究竟是什麼東西？」

此時，大門口傳來一把聲音。

那……那是貘獸啊！
惠比壽神・三郎太

聲音來自一個從沒見過的小孩。他身上的衣服都弄污了，看來相當疲累，不過他仍然擠出氣力來答話。

「請、請問……這裏是狐妖岡七老大的府上嗎？」

「是的，我就是狐妖岡七了，你找我有什麼事？」

「求求你！救救我的……貘太郎……」

語畢，那個小孩筋疲力盡，暈倒在門外了。

喂，你沒事嗎！
倒下

簡單介紹一下

角色介紹

妖怪大全

第一篇：主要角色

狐妖岡七

岡七是一隻狐狸妖怪，獨居在妖怪江戶鎮的一間破爛長屋裏。狐妖如果長出九條尾巴，就會成為成熟而厲害的「九尾狐」，可是岡七暫時只有七條尾巴，所以他在追捕妖怪時，還是會失手……他最擅長的妖術是變身，和操控一種叫「狐火」的火焰彈！

岡七可以使出不同類型的狐火，除了平常的火焰彈，還有爆炸式的，或會發出強光的類型！

岡七必定要打空翻才能變身；除了讓自己變身外，他還懂得「轉移變身術」，令身邊的妖怪變身！

長頸妖怪 阿六

阿六是長頸女孩，跟岡七一起長大，現在也住在同一座長屋裏，一直很熱心照顧岡七。她也可以隨意把脖子伸長縮短。

刺蝟妖怪零吉

零吉是刺蝟妖怪，他的身上長滿像刺針一樣的毛。他曾經以大盜「刺蝟小子」的身分，名震妖怪江戶鎮，卻因為一次事件得到岡七的幫助而改過自身。之後，他不單搬進岡七的長屋，還幫助他調查和追捕犯人……

零吉可以隨意控制身上的針毛，將它們伸長或發射出去；而且因為他修練過忍術，所以身手非常敏捷！

阿一

零吉的妹妹，因為妖力不強，所以無法像零吉那樣使用妖術。

草鞋妖怪草助

草助是岡七的跟班，是草鞋的古物精怪（草鞋就是古人穿的鞋子）；他跟岡七和阿六分開，住在不同的長屋裏。

什麼是古物精怪？

所謂古物精怪，原是一些古舊的用具，經過長年累月慢慢成精。

岡七居住的妖怪江戶鎮，是一個住滿妖怪的大城鎮。這裏的妖怪擁有妖力，可以使用不同的妖術。不過除此以外，他們的生活跟人類沒有大分別。

第二回
港口的妖虎

岡七讓疲勞過度而倒下的三郎太先休息，還給他熱水和食物。

三郎太回復體力後，就開始告訴大家他來找岡七的因由了。

我養的貘獸叫貘太郎，我們坐船周遊全國，會幫大家驅除惡夢。
驅除惡夢？

「是的，如果有妖怪因為做惡夢而感到煩擾，我就會幫忙他，讓貘獸吃掉惡夢。」

「哦？貘獸是會食夢的嗎？」

「是的，牠可以隨意進入任何妖怪的夢中，吃掉他們的夢境。」

「那麼，最近吃掉大家夢境的，也是這隻貘獸嗎……」

「一定是貘太郎啊！因為貘太郎最近不知被誰拐走了！」

大約十日前，三郎太跟貘太郎乘坐他們的船，來到妖怪江戶鎮附近的一個港口城鎮——妖虎橫濱。三日後，貘太郎突然在船上消失了。三郎太尋遍了妖虎橫濱的每個角落，都找不到貘太郎。

可是，他在由妖怪江戶鎮來的旅客口中，聽到一些事情。

說起來，幾
天前晚上我在趕
路的時候，看到一
隻巨大的動物向着妖怪江戶
鎮的方向跑去。不過你問我
那是不是貘獸，我就不清楚
了……

憑着這個線索，三郎太就來到妖怪江戶鎮，他聽到鎮民對岡七的讚揚後，便來到這間長屋找他。
原來如此……妖虎橫濱距離這裏也有相當路程，小孩子怎麼走，也要走上足足兩天啊。
貘太郎就像我的手足兄弟一樣……我一心就想着要找到他，所以拚了命的走來。
你為了牠竟然拚到這個地步，你們感情真的很深厚啊。
我明白你的感受，為當初我尋找阿一，也是拚上了命的……
對啊……

「好，我明白了，我一定會幫你找回貘太郎的！」

「真的嗎？」

「當然是真的啊！幫助有困難的伙伴，正是捕快的工作啊。」

「可是，我們要怎麼找啊，大哥？」

「我們先去妖虎橫濱走走，看看能否找到什麼線索。三郎太，不好意思了，雖然你這麼疲累，但可以跟我們再走一趟嗎？」

「可以！為了貘太郎，我什麼事情都願意做的！」

「不用不用，你伏在我背上就行。」

岡七走出屋外，就把三郎太背了起來。

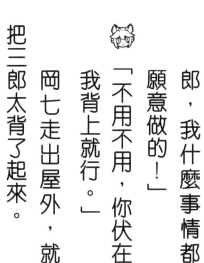

果然如草助所說，岡七他們當日就到達妖虎橫濱了。
這裏就是妖虎橫濱嗎？
好熱鬧啊！真不愧為日本第一港口城鎮！
好像還有外國的船隻前來啊。
岡七和草助雖然早已聽過妖虎橫濱這地方，但卻是第一次親臨。

貘
岡七請三郎太帶路，前去他與貘太郎平日住宿休息的船隻。
這就是我的船了。

三太郎帶岡七他們上船觀察現場。
我和貘太郎每晚都會靠在一起睡覺的。事情發生的那個晚上，當然也一樣……
可是，當三郎太醒來的時候，貘太郎已經不見了。

「真奇怪啊，如果你們是靠着對方睡的話，你應該會感覺到牠不在身邊啊。」

「我完全沒有任何感覺，不過，我記得醒來的時候，頭痛得很厲害。」

「說不定你被下了安眠藥啊。我剛才一上船的時候，就嗅到一種奇怪的氣味了。」

岡七有着非常靈敏的鼻子，就算只是很輕淡的氣味，他也可以分辨出來。

嗅嗅

看來疑兇是用煙霧式的安眠藥，來讓三郎太和貘太郎昏睡了……
你會頭痛也是這個原因！
原來如此……那樣就可以拐走貘太郎而不被三郎太發現！

然後，岡七就開始調查留在甲板上的腳印了。

「大的腳印，帶着我從沒嗅過的氣味；而小的腳印……有一個是猴子的氣味；這一個，大概是狸貓的氣味；而最後一個……是老虎。」

「老虎？那不就是妖虎嗎？」

妖虎橫濱地如其名，是一個被「妖虎」這種老虎妖怪所控制的城鎮。

除了三郎太和貘太郎的腳印外，還看到其他幾種腳印啊！大腳印有一款，小腳印有三款！

「三郎太，關於今次的事件，你有跟妖虎說過嗎？」

「有的，因為這一帶是由妖虎一族管治的，所以我去找他們商量了。可是，也許因為我是小孩，所以他們都沒認真看待，也沒來過調查……」

「就是說，以你所知，妖虎們並沒來過船上調查吧？」

「是的，你說得對。」

「那麼我們得去找妖虎一族問問才行。不過，現在已經太晚了，我們今天先在這裏休息，明天再去找他們吧。」

這一晚，岡七他們就在船上席地而卧。
咕呼～
貘太郎……
喃喃夢話

三人就來到了妖虎一族的大宅。
打開~
當妖虎們聽到岡七是妖怪江戶鎮的捕快後，就讓他們進大宅裏去，可是……
妖虎一族
什麼妖怪江戶鎮的捕快，我們才不管啊！這裏可是我們妖虎一族的地頭！
這裏沒有外人說三道四的餘地！
吼啊啊啊……

「等一下！我們不是來說三道四的，我們只是來找不見了的貘獸……」

「那根本就是多管閒事！在妖虎橫濱發生的事情，就由我們妖虎去處理！沒有你出場的份兒！」

雖然罔七一直想避免衝突，但在妖虎們不斷挑釁下，罔七也決定以牙還牙了。

「哼，是這樣嗎？三郎太的冤情你們也沒認真去處理，難道今次的事情，是你們的同伴所做，所以你們要包庇他嗎？」

妖虎他們要向罔七施襲了！

你、你說什麼？你有證據證明我們妖虎有同伴犯法嗎？
當然有啊！現場可是有着明顯的老虎腳印啊！
這傢伙在胡說八道！收拾他！
吼啊啊～

哼，都是不講道理的傢伙！
冒出
沒法子了，就跟你們玩一下！
冒出
危險啊，我們退開！
狐火散彈！
好燙啊！
冒出
熊熊
冒出
好燙好燙！

嘿嘿，看我把你們烤成虎肉乾吧！
陸續有來啊！
捲上
啊！
捲上

看招吧！妖術虎尾縛！
拉緊
糟、糟了！
拉緊

岡七雙手被綁起後，就無法隨意發射狐火了。

「好！大家趁現在一起飛撲上去！」一聲令下，妖虎們要襲擊岡七了！

看我這招吧!
變變變
咳咳
咳咳
那個混蛋跑到哪裏了?
啊!在這裏啊!
咦?
上吧!
踏踏
嗚嘩!

碰碰
啪啪
其實，妖虎們正在對付的，是他們自己的同伴！
岡七把自己變成了妖虎，然後用「轉移變身術」將其中一隻妖虎變成他的樣子。
啊，真厲害！這可是名副其實的「狐假虎威」了！
哼，我才沒有借他們的虎威啊！
「可是，這樣下去大家都不能好好對話了。我們暫且撤退吧？」
岡七打算在被揭穿之前悄悄離開，可是……
啊，這傢伙……
原來是變出來的！真的狐妖在哪裏？

啊，那七條尾巴！
那個才是真的！
悄悄～
可惜在逃離之前，就給妖虎們發現了！
你竟敢欺騙我們！
哼，被發現了嗎……
大哥，你又沒變好尾巴啊！
變回
乖乖受死吧！
看來，岡七真的激怒了妖虎們。
哎呀，這下子可不妙了。對不對？
好緊張！
岡七的命運將會如何呢？

簡單介紹一下

角色介紹
妖怪大全
第二篇：妖虎橫濱

妖虎

他們是控制妖虎橫濱這個港口城鎮的老虎妖怪。雖然他們不太會妖術，但力大無窮，很強悍，動作非常敏捷，加上尖銳的爪和牙齒，是很不好對付的對手！

你知道不順從我們妖虎一族，會有什麼下場嗎？

妖虎們會看守着自己的地盤，不讓罪惡或案件發生在妖虎橫濱這個港口城鎮內。

惠比壽神・三郎太

妖虎橫濱是一個港口城鎮，各種各樣在旅程中的妖怪都會路過這裏，而三郎太就是其中一位。他是惠比壽神，跟貘太郎一起乘船四處遊歷，旅途中也會經營小生意，幫助別人驅除惡夢。

三郎太的家族

三郎太的家族中除了父母之外，還有很多成員。他們正乘坐另一條船在旅途之中，三郎太為了成為一個正式的惡夢驅除師而與家人分開，踏上修練之旅。

貘獸貘太郎

有食夢能力的奇異妖怪，牠自小跟三郎太一起長大，所以感情就像親兄弟一樣深厚。貘太郎雖然不會說話，但跟三郎太心意相通，只要是三郎太說的話，牠都會聽從。

第三回
吸血鬼密室襲擊案？

正當妖虎們要撲向岡七時，有一把尖銳的聲音響起。
吵死了！一大早在吵什麼？
啊，老大姐！
咦？這個女的就是妖虎一族的老大嗎？
好漂亮啊！
妖虎一族的老大
阿紋

「來，事情幹嗎會鬧到這個樣子，你們給我好好解釋清楚！」

妖虎們被阿紋斥責後，立即安靜起來，並說出事情的來龍去脈。

「呼——有一隻貘獸失蹤了嗎？三郎太這個小孩來求助的時候，是你們哪個接見他的？」

是、是我……
幹嗎那時候你不去調查？

我看他是個小孩，覺得這頂多只是他養的小寵物走失罷了，應該不是什麼大事情……

你這個笨蛋！
啪！

阿紋以凌厲的目光瞪着岡七，提出疑問。

「岡七先生，你說犯人當中包括妖虎，是真的嗎？」

「我只是在現場找到腳印而已，所以現在也說不準。不過，以我的直覺，事情應該跟妖虎有關的。阿紋大姐，如果你有什麼頭緒請告訴我。」

「呼，沒頭緒啊。」

此時，有一隻妖虎慌慌張張地跑進來。

老大姐不好了！有一所外國妖怪住的旅店，發生襲擊事件了！
你說什麼？好，我立即過去！
阿紋帶着妖虎們趕去案發現場。
我也一起去吧！別看我只是個小孩，好歹也是個捕快，說不定可以幫得上忙！
哼，隨便你！
這間就是有很多外國旅客投宿、剛發生襲擊事件的旅店了。

阿紋大姐！我們等你很久了！
旅店老闆
吸血鬼
德拉
哥布林
何布
狼人藍保
數日前，四隻外國妖怪來到這間旅店投宿，被殺害的就是其中一位叫古拉的吸血鬼（德拉的弟弟）。

「老闆，詳細告訴我發生了什麼事吧！」

「好，被殺的是古拉先生，他昨天整晚都跟德拉先生外出了。」

「我們受不了陽光，所以日間會睡覺，晚上才外出走走。」

昨晚他們兩個也如常在晚上外出觀光，直至差不多天亮，趁天色還是昏暗時回到旅店，然後各自回到位於一樓的房間。

「不久後，我就聽到一樓傳來慘叫和碰撞的聲音。我立即跑上去看個究竟！」
哇呀——！
啪噠
一樓共有四間客房，分別住了德拉、古拉、何布和藍保四個旅客。
一樓的平面圖
德拉的房間
古拉的房間
走廊
樓梯
何布的房間
藍保的房間
我跑到一樓的時候，所有房間的門都是關上的。我大聲叫喊各位旅客，除了古拉先生之外，大家都立即出來了。古拉先生連回應也沒有，而且房間還反鎖了，所以我只好拿斧頭把門劈開，再進去。
啪裂

阿紋帶着旅店老闆和德拉，進入事發的房間。
因為藍保和何布也有襲擊的嫌疑，所以要回到各自的房間，被好好看管。
你沒有碰過房裏的東西吧？
沒有，我只破壞了門，其他東西都沒碰過。
房間裏面，只見吸血鬼古拉倒在地上。
吸血鬼古拉
受害者位置也如我發現時那樣。
真是慘不忍睹。

阿紋立即去查看房內唯一的窗子。
窗子是鎖上了的……
窗子和房門也裝上了同樣的鎖，而且是在內側鎖上了的。
！
大哥，這就是所謂的密室襲擊案了嗎？
唔……還不能肯定啊。
嗅嗅
岡七不太關心現場是否密室，他比較在意刺在古拉大腿上的十字架。
「這個十字架刺得不深，而且還散發出大蒜的氣味。這個十字架可能塗上了大蒜汁啊。」
德拉聽到岡七的話，立即慘叫起來。

嗚噫〜
我們吸血鬼最怕就是大蒜和十字架了！被塗上大蒜汁的十字架刺中，單是想想，我都已經毛骨悚然了！
的確，大蒜對吸血鬼來說就像毒藥一般，所以就算刺得不深，也可以毒害吸血鬼嗎……

接下來，岡七檢查房門上的鎖。
門鎖沾了血，而且是古拉的血……

「阿紋大姐，窗子的鎖有沾着血嗎？」

「不，沒有沾血。」

「是嗎……有件事我想拜托你，可以讓我跟藍保和何布談談嗎？」

「可以啊，反正我也正想查問他們。」

岡七和阿紋分別到了藍保和何布的房間，查問事情的經過。

那個吸血鬼古拉真是個討厭的傢伙啊，我有一次對他動過手，然後他就哭哭啼啼地跟我道歉了。那傢伙的妖力有限，頂多只能變成蝙蝠罷了；他也沒什麼體力，要打倒他也很容易吧？不過當然不是我幹的啊，吼哈哈哈！
古拉先生對我很好的啊，我們經常一起去喝酒的。但藍保先生好像很討厭古拉先生……說起來，其實德拉先生和古拉先生兩兄弟也是經常發生爭執的……古拉先生實在太不幸了，你們一定要快點抓到兇手啊！

聽過兩個疑犯的話後，岡七他們回到古拉的房間。
呼，看來謎團已經解開了。
你說什麼？

給讀者的挑戰

岡七根據以上的線索，已經推理出兇手是誰和他的犯案手法了。各位讀者，你們也知道誰是兇手了嗎？

大哥，請你快告訴我啊！到底兇手是如何製造這個密室的？
這個並不是什麼密室啊，是古拉自己鎖上門的。
什麼？

「因為古拉腿上的傷並不深，所以我想他沒有立即失去知覺，應該是因為大蒜毒發後才致命的；也就是說，他被刺中後還活着。我們看到他倒下的狀態，是頭部向着窗、腳向着門吧？根據我的推理，他在房門位置被刺後，想到窗口逃走和呼救。」

岡七跟大家一一解釋事情的發展經過。

「兇手等到古拉外出回到房間後就找他，趁古拉一開門就用十字架刺他的腿！」
哇！
刺

「受驚的古拉慌忙地關上門，然後從內側把門鎖上。」
鎖上
「這是以防再被襲擊吧？」
「對，門鎖上面的血就是在這個時侯沾上的。古拉關上門後，正想向窗的方向走，可惜毒藥發作，無力前行……」
倒下
那麼，兇手到底是誰？
當然是哥布林何布啊！
事發的時侯，除了古拉之外，德拉、藍保和何布都在一樓，兇手自然是他們當中之一。
德拉跟古拉一樣是吸血鬼，也很怕十字架和大蒜，看他剛才的樣子，應該連碰一下也不行，所以不會是兇手。
接着是藍保，他比古拉強壯得多，簡簡單單用拳頭已經可以打倒古拉，才不會在十字架上塗大蒜汁這麼麻煩。
可是，何布不一樣，他怎麼看都比古拉弱，如果他要施襲，只好用這麼麻煩的方法。

「而決定性的是古拉的傷口位置！草助，我問你吧，若要用十字架取他性命的話，會刺大腿的嗎？」

「不，一般會刺胸口或肚子。」

「對吧？如果是高大的藍保，就一定會刺胸口或肚子，但如果是矮小的何布的話……」

對了！就正好是大腿的位置！
正是如此！

我能推理的就只有這些了。至於何布為什麼殺害古拉，我就不得而知了。
這個嘛，我直接向他查問就知道了！

這時候，一直站在房間一角靜靜聽着岡七他們討論案情的德拉，戰戰兢兢地說起話來。

不好意思，你們從剛才就一直說什麼殺害……

可是古拉仍然生存着啊。
什麼——!
「我們的妖力或氣力較弱，但生命力卻非常強。雖然被十字架插中時會完全動不了，可是十字架一拔出來就會復活。」
「那、那麼大蒜毒呢？」
「那個我們是很怕啦，但最多只會令我們暈倒。」
聽到德拉的話後，岡七拔出十字架試試看，結果……
拔出
嗚哇！何布那傢伙幹嗎突然用十字架刺我！我不會放過他啊！
古拉，你冷靜點！

古拉原來安好無恙，除此之外，一切都如岡七的推理一樣。
在阿紋的審問之下，何布立即就招認了自己的罪行。
原來，何布之前跟古拉去喝酒的時候，曾被他嘲笑，因此何布懷恨在心，打算教訓他一下。
阿紋他們還在何布的房間裏發現犯案用的大蒜汁。
多得岡七大顯神威，案件就如大家所見那樣順利解決了。
岡七先生，為報答你幫忙抓到真兇，我告訴你可靠的情報吧。
你去找叫「牙次」的大妖虎吧！
大妖虎牙次？

「他以前是我們妖虎一族的成員，但因為他壞透了，所以被我趕走。他離開我們後，跟壞蛋同黨狸貓及猴子一起作惡。」

「你說狸貓和猴子？跟船上的腳印一樣啊！」

「如果我沒記錯，那狸貓和猴子是在妖怪江戶鎮開藥坊的。」

「阿紋大姐，感謝你的大恩大德！」

「你說什麼啊！」

要報答我的話，你下次再來就找我出去玩個夠。我很喜歡你這小子啊。
嘻嘻嘻
真、真的嗎？
大哥，阿六小姐會好好教訓你的……

我、我們回去吧，草助！
得到有用線索後，岡七他們立即趕回妖怪江戶鎮。
遵命！
呼——

簡單介紹一下

角色介紹

妖怪大全

第三篇：外國妖怪

吸血鬼德拉・古拉

吸血鬼兄弟德拉和古拉，是乘船從外國遠渡來到妖虎橫濱的。他們沒有很強的妖力和體力，卻有非常強大的生命力。他們的弱點有很多，例如害怕陽光、大蒜、十字架等，但因為生命力很強，所以不會輕易喪命！

怎麼樣？我們很有型吧？

可以變成蝙蝠！
變身！

最喜歡美女的鮮血！

小姐，你真漂亮啊！
我要吸血啦！
不要再給我看到你們！
竟敢找老大姐的麻煩，真是不知死活！

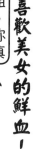

狼人藍保

我正在遊歷世界各地，尋找強者比試！

狼人藍保為了成為世界最強的妖怪，正進行修行之旅。他平時已非常強悍，但在月圓之夜，力量會更加強大！

吼嗚～
看來好強啊……
那傢伙好可怕啊！
吵死了！你吵到鄰居啊！
不過，最強的始終是我們老大姐……
當然啊！

哥布林何布

哼！從來大家只稱讚吸血鬼和狼人！

哥布林既沒妖力也沒體力，連妖術也不會，非常弱小。與其說是妖怪，他比較像精靈。雖然也有些哥布林是性格和善的，但何布卻是壞蛋，在自己國家犯了法，才潛逃到妖虎橫濱。

第四回 貘獸抓捕計劃

岡七他們當晚就回到妖怪江戶鎮，跟大家說明在妖虎橫濱發生了的事情。
……就是這樣了。
你們竟在妖虎橫濱遇到這種事！
聽完岡七的故事，零吉也說出了令大家意外的話。

「那隻妖虎說的藥坊，大概是『夜鳥屋』吧。」

「什麼？你怎麼會知道是夜鳥屋的？」

「嘿嘿，你們去妖虎橫濱的同時，我也在這邊調查啊。」

「你竟然自作主張……」

「沒關係啦，總之，那間藥坊現在推出了『驅貘藥』。」

「你說『驅貘藥』？」

驅除貘獸惡夢

最近有很多鎮民被貘獸吃掉了夢境，以致睡眠不足；而在差不多同時，夜鳥屋也推出了驅貘藥。
據說睡前服食驅貘藥，貘獸就不會在夢中出現。所以那些藥大受歡迎，夜鳥屋應該賺大錢了。
那還真可疑啊……

「所以我昨晚就潛進夜鳥屋，看到店鋪的大當家和掌櫃*，即是貉狸妖狸吉，和獼猴妖猿助。另外還有一隻妖虎，他看似是顧客。」

*大當家即店鋪的老闆，掌櫃是位處老闆之下的店員。

「他一定是大妖虎牙次了！」

「應該是了，但我看到的就僅此而已，完全看不到貘獸的蹤影。」

「他們應該將貘獸藏在別的地方了。不過，看來終於查出今次事件的前因後果了。」

「對，就為了將貘太郎帶來妖怪江戶鎮，吃掉大家的夢境；同時，夜鳥屋就售賣驅貘藥去賺大錢。」

「不過，像貘獸這麼巨大的動物，要怎麼從妖虎橫濱運過來呢？」

「關於這一點，我還沒想通，但船上有一個巨大的腳印，令人很在意……不過，我們現在還是先得找出貘太郎才行，如果牠被壞蛋虐待可慘了。」

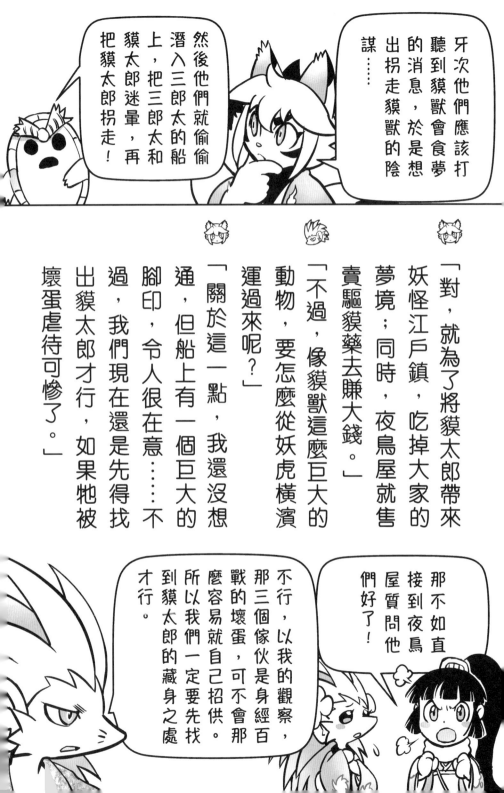

「好，明天就去搜查夜鳥屋的所有房子和倉庫！」

這個時候，三郎太突然說話了。

「呃……其實還有一個方法，你們可以在夢中抓住貘太郎的。」

「什麼？那是怎麼回事？」

當貘太郎在夢中出現時，做夢者可以抓住貘太郎，若牠受驚，就會從夢中逃跑回到現實世界。這個時候，抓住牠的妖怪，就會跟牠一起回到貘太郎實際所在的地方了。
哦，原來可以這樣做？

「可是，貘太郎不一定這麼巧，在夢中出現吧？」

「貘太郎雖然什麼夢境都會吃，但牠最愛的是惡夢。所以只要你做惡夢，牠一定會來的。」

「但做惡夢也不是我隨意可以控制的啊。」

「嘿嘿，可以的。」

只要我施展妖術，就一定可以做惡夢啊。
三郎太……我以為你只是個平凡的小孩，原來你懂得這種妖術嗎？
我好歹也是做驅除惡夢生意的，雖然吃掉惡夢的是貘太郎，但我也會用妖術讓人做夢，或做解夢占卜等等。

「原來如此。好，事不宜遲，可以立即讓我做惡夢嗎？」

「咦？大哥你自己來嗎？」

「當然啊，我之前已在夢中見過貘太郎，不會再被牠嚇倒，一定可以抓住牠。不過啊，三郎太，你會讓我做什麼樣的惡夢？」

「這個連我也不會知道啊，我的妖術會讓睡夢者做惡夢，但內容全看他的心裏在想着什麼。」

就這樣，大家決定讓三郎太對岡七施展妖術了。

好，老大，我來了。
好，來吧！
倒下
咕呼
三郎太的眼睛閃出古怪的光線後，岡七立即倒頭大睡。
零吉走近岡七，把一件東西塞到岡七的懷中。
零吉先生，那是什麼？
像是護身符的東西吧。

小岡你還在睡嗎？快起牀啊！
是阿六？幹麼……
你、你這身打扮是幹什麼？
我這新娘打扮怎麼樣？好看嗎？
嗯……好看啊……
太好了！小岡也說好看啊，相公！
是嗎？謝謝你，岡七！你辦案這麼忙，也特意抽空來參加我和阿六的婚禮。
什麼——！是阿六和零吉的婚禮？

岡七先生，你怎麼在大呼小叫啊？
那、那把聲音，是阿一！零吉跟阿六結婚，這是真的嗎？
不止是哥哥啊，我也要結婚了。
什麼！跟誰？
什麼跟誰啊，當然是我啦，大哥！
我和阿一會幸福快樂地生活下去的！
對啊，相公♥
草、草助？
怎麼偏偏是跟草助……

這樣就有情人終成眷屬了。
對不起啦，小岡！
只有大哥你一個沒結婚，你以後也要孤獨終老了。
永別了，岡七先生。
真的嗎？若這是惡夢的話，快讓我醒來啊！
就在這時，岡七聽到一些似曾相識的聲音。
咀嚼
咀嚼
啊！
咀嚼咀嚼
咀嚼
對了，這是夢……而且是惡夢啊！

岡七立即撲向貘太郎，抓住牠的長鼻子。
貘太郎，帶我去你現時身處的地方吧！
抓住
貘太郎大吃一驚，立即逃離夢境。
嗚哇！
哞啊～！
這時候，大家在岡七的房間，看着他的身體逐漸消失。
啊！
他一定在夢中抓住了貘太郎！這下子，岡七先生的身體就會出現在貘太郎所處的地方！
大哥！

就如三郎太所說，岡七跟貘太郎一起脫離了夢境。
冒出
我來到這裏了，但這是什麼地方？
岡七還不知道，
這正是夜鳥屋一個位處妖怪江戶鎮近郊的倉庫。
碰啪
嗚！
嚇我一跳了！這傢伙竟然跟貘獸一起出來了……
這、這傢伙是捕快狐妖岡七啊！
捕快為什麼會出現在這裏？
貉狸妖
狸吉
倒下
獼猴妖
猿助
大妖虎
牙次

「我怎知道！不過，既然貘獸被他發現了，我們不可以就這樣讓他離去啊。」

「那不如我立即吃掉他吧？」

「不，先問出捕快來這裏的目的吧，要除掉他之後也可以。在他醒來之前，先將他捆綁起來，關到牢房裏！」

「好，就這麼決定。」

咩～
來，你快去多吃點夢境啊！
如你不聽話，我就去抓你最心愛的主人回來，把他折磨一番！
雖然罔七好不容易來到貘獸的所在地，卻被壞蛋關起來了！

簡單介紹一下

角色介紹
妖怪大全
第四篇：夜鳥屋

貉狸妖狸吉

狸吉是隻年老的狸貓妖怪，傳說他已經活上過千年了。他最擅長變身成各種東西，但不會像岡七那樣常常失手，可以完美地變身。

今次擄拐貘太郎的事件，正是由他主謀的。

怎麼樣？由我來販賣「驅貘藥」賺大錢，這計劃很不錯吧？

狸吉在妖怪江戶鎮經營藥坊——夜鳥屋，店內會售賣外國的不正當藥物，所以他常跑到妖虎橫濱進貨，也因此認識了被妖虎一族趕走了的牙次。

有一天，牙次聽到了貘獸的消息，就告訴了狸吉，因而計劃了這次詭計！

獼猴妖猿助

嘰嘰嘰……像我這樣既聰明又滿是壞主意的妖怪，世上找不到第二個吧！

在夜鳥屋當掌櫃的猴子妖怪，是狸吉的左右手，總是跟他一起行動。雖然妖力不怎麼強，但卻很狡猾，最擅長想出壞主意。他內心其實看不起四肢發達、頭腦簡單的牙次。

大妖虎牙次

阿紋這個笨首領，我早晚會收拾她！

曾屬於妖虎一族，但因為太過暴躁，又常做壞事，所以被阿紋趕走了；他後來認識了狸吉和猿助，更加是壞事做盡。他的力量在妖虎當中是數一數二的，可是跟阿紋比較起來，還是差得遠了……

我要把你逐出家門，不准再回來！

第五回

老虎＋狸貓＋猴子＝？

岡七被狸吉他們綁起，並關進了牢房。
嗚嗚……
此時，狸吉他們正在另一個房間，商量着如何處置岡七。
雖然岡七在牢房醒過來了，但因為全身都被綁着，所以動彈不得，無法逃脫。
可惡，這樣不單變不出狐火，也不能變身了！
就在這危急時候，牢房的天花傳來了聲音。
嗨，你還真狼狽啊！
零吉！

零吉從天花板跳下來，幫岡七解開了繩子。

「你怎麼會來到這裏的？」

「為了以防萬一，我在你做夢的時候，把這東西放在你身上了。」

零吉在岡七的懷內拿出了一根針。

這是什麼？
是我施了妖術的毛啊！

這是名叫「尋人針」的妖術。這條毛會散發出只有我才察覺到的妖氣，我就是跟着這妖氣來到這裏的！
原來如此……

「我早想到，當你在夢中消失了之後，我就可以立即追蹤過來。」

「零吉你……」

岡七很佩服零吉想得這麼周詳。

此時，天花板又再傳來聲音。

「大哥！」

原來是草助跟三郎太。

草助他們也從天花跳到牢房裏來了。
我叫你們在外面等的啊！
可是，三郎太說想快點見到貘太郎……
岡七老大，貘太郎呢？
哦，牠沒事！趁着狸吉他們還沒發現，我們快帶貘太郎逃走吧！

零吉曾經是大盜，他輕易就打開了牢房的鎖。

離開牢房後，他們四個在倉庫內四處搜尋，終於找到貘太郎所在的房間。

啊！貘太郎！
咩啊～

貘太郎，我很想你啊！
太好了。
嗯……
可是，狸吉他們也聽到貘太郎的叫聲，馬上趕過來了！
你們怎會來到這裏的？
吼唬……
這下子，只好全部一次過解決了！
哞啊～
就是你們抓了貘太郎的嗎？來，貘太郎，給他們應得的教訓！

貘太郎用鼻子吹出猛烈的強風！
呼啊～
嗚哇！
接着，貘太郎轉為深深地吸氣。
四周的牆壁和天花板都碎裂了，還被他吸進鼻子裏去。
破裂
破裂
吸氣——
厲害啊！
貘獸生氣了，好可怕啊！
碰碰
嗚啊！

然後，貘太郎把吸進去的碎片，全部向狸吉他們發射！
呼呼噴射
噗啪
好痛啊！
碰碰
啪啪
好痛啊！
閃光
老虎……
狸貓……
猴子變身！
閃光
奴
可惡！唯有用我們的絕招了！
來吧！

合體妖術！狸猿虎變身！
嘶嘶！
夜鳥獸

嘩！他們三個合體了！
原來如此！船上的大腳印就是這頭怪獸留下的！
如果他們變成怪獸，就可以背起貘太郎帶來妖怪江戶鎮了！
竟然讓我們認真起來了，那就做好準備，受死吧！
夜鳥獸飛撲到貘太郎身上。雖然大家體形相若，但論力氣的話，夜鳥獸可強得多，立即就將貘太郎撲倒了。
嘰嗚
踏踏踏
貘太郎！

正當夜鳥獸想咬住貘太郎的脖子時，岡七比夜鳥獸先一步發射出狐火爆烈彈，擊中了他的鼻子。
爆炸
哼，接下來我們來當你的對手！
你這巨獸看招吧！
變出
狐火散彈！
熊熊熊
呼呼發射
刺蝟妖術，飛針！

「怎、怎會的！竟然將我的針都震碎了！」

「那恐怕不是普通的嗚叫聲！夜鳥獸發出的特殊聲波令空氣震動，讓我的狐火熄滅，也把你的刺針震碎啊！」

「竟然被你看穿了？這一次用你們的耳朵直接聽聽我的聲波吧！」

夜鳥獸的叫聲在岡七他們的耳朵裏迴響，就像直刺腦袋一樣。

「這、這樣下去，腦袋真的會裂開啊！怎麼辦，岡七？」

「既然那些聲音是從他喉嚨發出的，我們要想辦法破壞他的喉嚨！」

「要怎麼做才行？」

「你試着引開他的注意，讓他稍微停下叫聲，我趁這個時機用我的妖術去辦……」

「只要稍微就行了？那我就試試看吧！」

翻筋斗
零吉把身體捲起，不停翻筋斗轉動，潛進地底去了。
沙沙沙……
！
他在地底也不停地轉動前進。
在地底就聽不到那些聲音了！
沙沙沙沙……

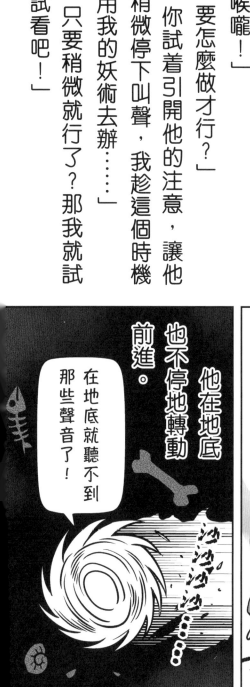

好，就是這個位置吧！
零吉潛到了他的目標位置，就停下轉動，回復原狀……
然後，他從地底把刺針都伸出來了！
刺蝟妖術！
土遁針！
嗚哇！
夜鳥獸的前腳被零吉的刺針刺中了，因為痛楚不堪而停止了叫聲。
啪唦
啪唦
啪唦

岡七當然不會放過這個機會！
趁現在！
變出
狐火遠射！
颼呼——
岡七的狐火像子彈一般發射出去，完美命中了夜鳥獸的嘴巴內。
噗嘶

咳啊——！
成功了！
啪
看吧，這樣他就不能再發出那叫聲了！

岡七回頭望向三郎太。

「喂，三郎太，你叫貘太郎把我吸進鼻子裏去吧！」

「什麼？」

三郎太嚇了一跳，但岡七再次強烈要求。

「沒問題的，把我吸進去之後，再將我發射到夜鳥獸那邊！」

「知、知道了！」

三郎太雖然不明所以，但也根據岡七的話命令貘太郎。
咩啊～
來吧，貘太郎！
吸起
吸進去
好，發射吧！
射
噴
貘太郎將岡七向着夜鳥獸發射出去了！

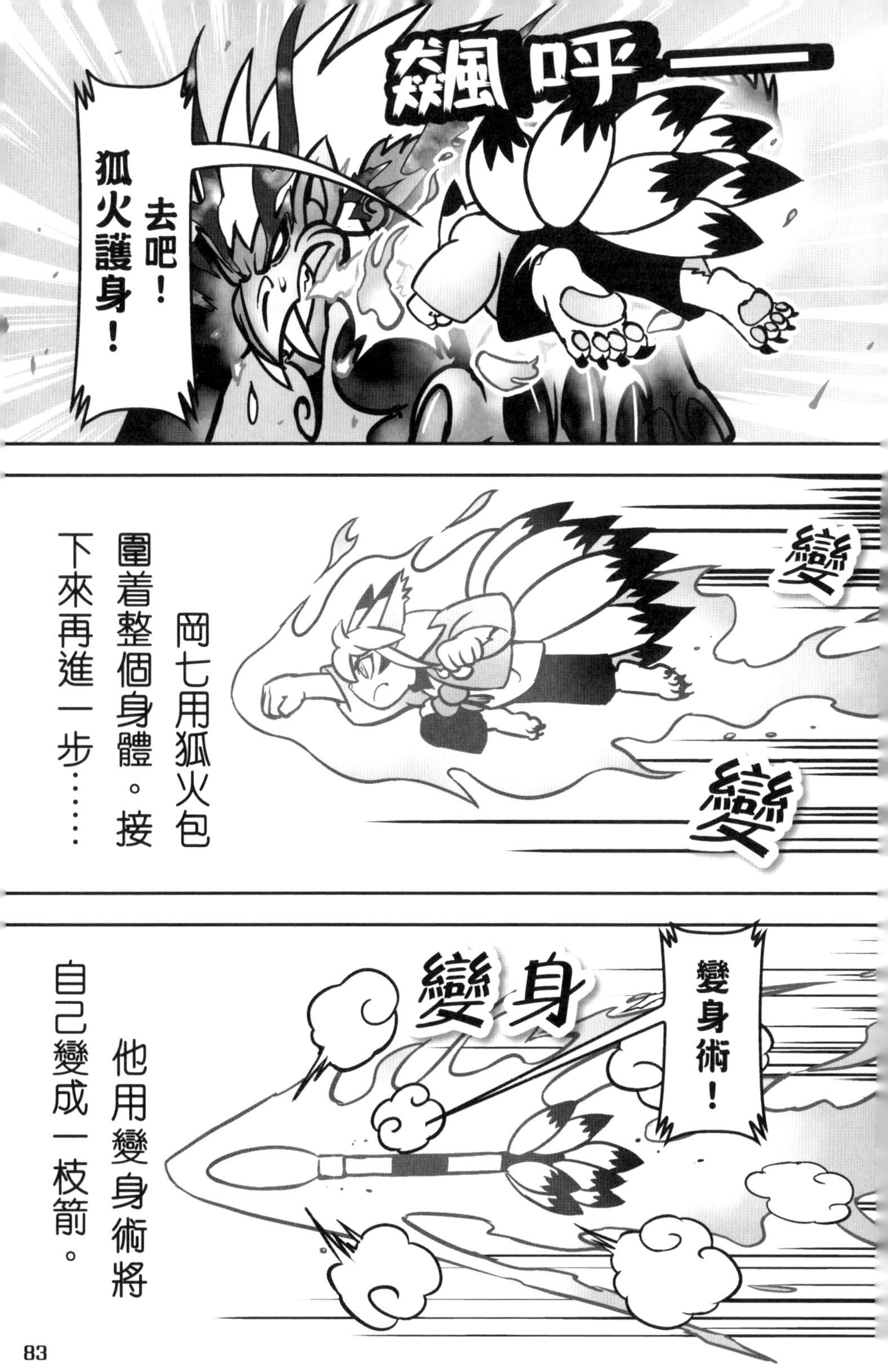
飆呼——
去吧！狐火護身！
變
變
岡七用狐火包圍着整個身體。接下來再進一步……
變身術！
變身
他用變身術將自己變成一枝箭。

妖術，火焰破魔箭！
隆隆

嗚啊～～～！
砰啪
成功了！
打倒夜鳥獸了！

夜鳥獸被岡七的妖術擊敗而打回原形，狸吉他們都被岡七抓起來了。
喂，給我好好走啊！
這個案件終於圓滿解決了！
三郎太跟岡七他們多次道謝後，就乘着貘太郎回到妖虎橫濱了。
香滑美味
他們走了……
他們回到妖虎橫濱後，就會再乘船繼續旅程吧。
對了，小岡，三郎太剛才讓你做了怎樣的惡夢？

啊，我也想知道！告訴我們吧！
不、不行！不能說的！
咦？為什麼啊？
求你放過我吧——！
你這小氣鬼！
善於面對惡勢力，卻溫柔對待女孩子。狐妖岡七，果然是男子漢。
這一回食夢貘獸的故事就到此為止了，下回再見！

作者：大崎悌造

1959 年出生於日本香川縣，畢業於早稻田大學。1985 年以漫畫作者的身分進入文壇。因自幼喜歡妖怪、怪獸及恐龍等題材，所以經常編寫此類書籍，並以 Group Ammonite 成員的身分，創作《骨頭恐龍》系列（岩崎書店出版）；此外亦著有日本史、推理小說、昭和兒童文化方面的書籍。

繪圖：有賀等

1972 年出生於日本東京，擔任電玩角色設計及漫畫、繪本等繪畫工作。近年作品有漫畫《洛克人Gigamix》（CAPCOM 出品）、《風之少年Klonoa》（BANDAI NAMCO GAMES 出品；JIM ZUB 劇本）、繪本《怪獸傳說迷宮書》（金之星社出版）等；電玩方面，在「寶可夢 X · Y」（任天堂出品；GAME FREAK 開發）中參與寶可夢角色設計，亦曾擔任「寶可夢集換式卡牌遊戲」的卡面插圖繪畫。

色彩、妖怪設計：古代彩乃　　**作畫協力**：鈴木裕介

日文版美術設計：Tea Design

妖怪捕物帖——妖怪江戶篇

③食夢獸大追捕！

作　　者：大崎悌造
繪　　圖：有賀等
翻　　譯：HN
責任編輯：黃楚雨
美術設計：劉麗萍
出　　版：新雅文化事業有限公司
香港英皇道499號北角工業大廈18樓
電話：(852) 2138 7998
傳真：(852) 2597 4003
網址：http://www.sunya.com.hk
電郵：marketing@sunya.com.hk
發　　行：香港聯合書刊物流有限公司
香港荃灣德士古道220-248號荃灣工業中心16樓
電話：(852) 2150 2100
傳真：(852) 2407 3062
電郵：info@suplogistics.com.hk
印　　刷：中華商務彩色印刷有限公司
香港新界大埔汀麗路36號
版　　次：二〇二二年九月初版

ISBN: 978-962-08-8073-5
ORIGINAL ENGLISH TITLE: *YOUKAI TORIMONOCHOU 3 NUE TAI BAKU! YŌJŪ DAISAKUSEN*
Text by Teizou Osaki and Illustrated by Hitoshi Ariga

18/F, North Point Industrial Building, 499 King's Road, Hong Kong
Published in Hong Kong, China,
Printed in China